¡Ñec-ñec ris-ras!

Barbara Jean Hicks

Ilustraciones de Alexis Deacon

Editorial Juventud

Edición original: JITTERBUG JAM, 2004
publicada por Hutchinson Book,
una división de Random House Children's Books
© texto: Barbara Jean Hicks, 2004
© ilustraciones: Alexis Deacon, 2004

© de la traducción española:
EDITORIAL JUVENTUD, S. A., 2004
Provença, 101 – 08029 Barcelona
info@editorialjuventud.es
www.editorialjuventud.es

Traducción de Raquel Solà
Primera edición, 2004
ISBN: 84-261-3382-7
Núm de edición de E. J.: 10.421

Impreso en Singapur

A *Mother Goose & Grimm*
y a los escritores de segundo curso de Mr. Taylor. – B. J. H.

A Jacqui, por prestarme
su armario. – A. D.

Nadie me cree,

y mi hermano, Boris, dice que soy un miedica,
pero no os miento:
hay un niño
que todas las noches
se esconde en mi armario
y luego, por la mañana,
se cuela a hurtadillas bajo mi cama
sólo para asustarme.

Y tampoco soy un miedica.

Hasta Godzilla, que como todo el mundo sabe
es el monstruo más valiente del mundo,
se asustaría de un niño
de piel rosa
y pelo naranja en la cabeza,
donde deberían estar los cuernos,
y unos ojos de aquel color tan horrible
que tiene el cielo cuando te levantas en pleno día
y no puedes ver nada, de tanta luz que hay.

Ayer fue el día que pasé más miedo.

Casi no pude pegar ojo por culpa de aquellos crujidos que no paraban: ¡ñeec-ñeeec, riis-raas!

Por eso, esta madrugada fui a esconderme en el armario del fregadero.

Aún estaba oscuro,

pero estaba a punto de amanecer, y a esa hora mamá siempre nos hace ir a la cama.

Yo no quería acostarme.

No con aquel niño terrorífico…,

esperándome.

Entonces mamá nos llamó: «¡Boris, Bubú!»
Y me quedé quieto como una gárgola.

Yo no me voy a la cama. Ni ahora ni nunca.

«A ver, monstruitos, venid aquí
ahora mismo —gritó mamá—.
¡Ha venido el abuelo Bu!»
¡El abuelo Bu! ¿Y ahora qué?
Cama o no,
niño o no,
tenía que ver
al abuelo Bu.

Así que salí.

Ni rastro del niño del pelo naranja.

Con el abuelo Bu por allí, de ninguna manera.

El abuelo Bu es el abuelo *más grande y más monstruoso* que existe.

Y el abuelo Bu me alzó en brazos y me dio un gran abrazo y, en menos que canta un gallo, todos ya estaban   sorbiendo   jugo caliente de chinche

y devorando rebanadas de pan seco casero, untado con mermelada de cucaracha, como si llevaran meses muriéndose de hambre.

El abuelo Bu me preguntó cómo estaba   y yo se lo expliqué:

Bien..., si no fuera porque hay un niño horrible debajo de mi cama.

Entonces el abuelo Bu nos levantó a Boris y a mí y nos dejó caer sobre sus enormes rodillas y nos contó una historia de cuando era niño, como siempre.

«Una vez –dijo con una voz susurrante

que me hizo poner la piel de gallina–,

cuando yo era pequeño

y el sol estaba en lo alto del cielo

y papá y mamá y bebé Bu estaban arropados

en su cama durmiendo su sueño diurno

y la casa temblaba con sus

monstruosos ronquidos,

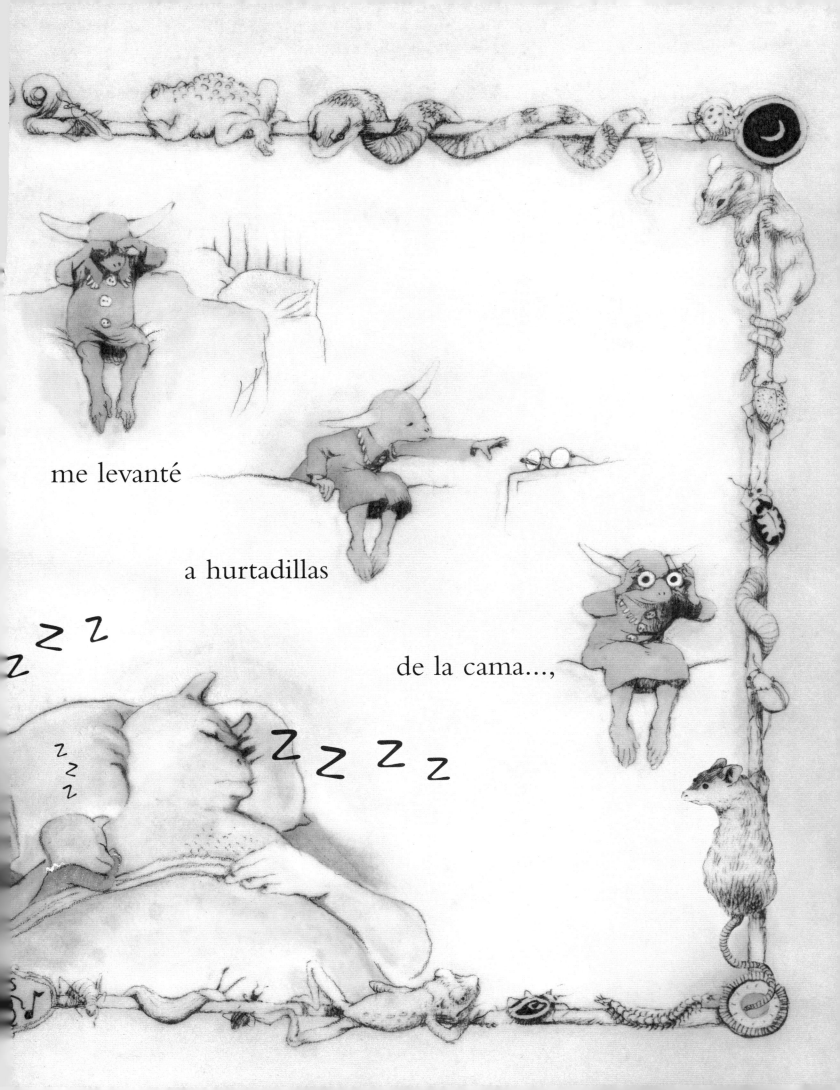

me levanté

a hurtadillas

de la cama...,

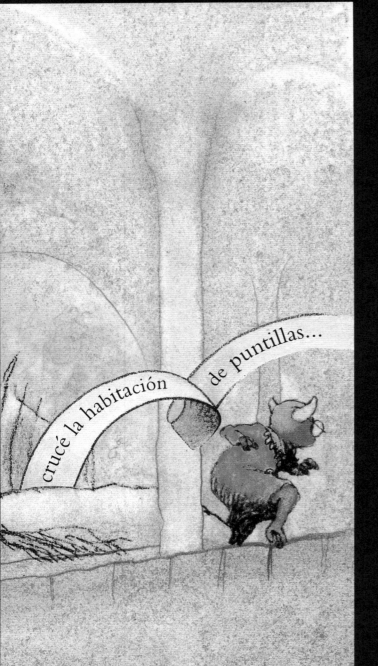

crucé la habitación de puntillas...

y salí... por la ventana...,

Y, de pronto,
estaba en un jardín lleno
de flores tan espantosamente
alegre que se me calentó
la sangre en las venas y mis
rodillas empezaron a temblar.

«¡Un jardín!», dije yo,
estremeciéndome.

«¿Y qué?», dijo Boris.
Pero luego añadió:
«¿Qué pasó luego?»

«No os podéis imaginar
lo que apareció andando
tranquilamente
por el sendero del jardín»,
dijo el abuelo Bu.

«¡Un niño!», exclamé yo.

«Casi –dijo él–. Era una niña,
que estaba un poco asustada...,
pero no mucho.

«¿Y qué hiciste?», le pregunté al abuelo Bu.

«¿Qué hice? –respondió el abuelo Bu–.
¡Salir disparado! ¡Y volver a casa
tan deprisa como me lo permitían mis piernas,
eso es lo que hice!»

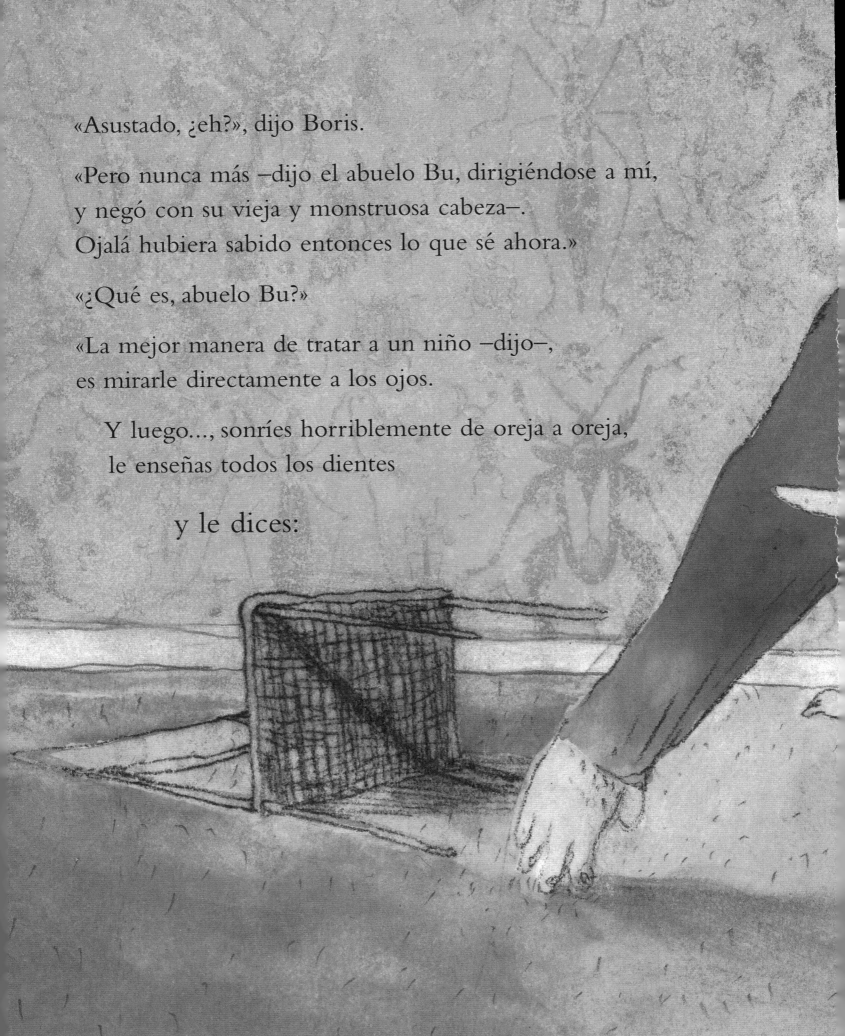

«Asustado, ¿eh?», dijo Boris.

«Pero nunca más —dijo el abuelo Bu, dirigiéndose a mí,
y negó con su vieja y monstruosa cabeza—.
Ojalá hubiera sabido entonces lo que sé ahora.»

«¿Qué es, abuelo Bu?»

«La mejor manera de tratar a un niño —dijo—,
es mirarle directamente a los ojos.

Y luego..., sonríes horriblemente de oreja a oreja,
le enseñas todos los dientes

y le dices:

¿Y sabéis qué pasa entonces?
Que antes de que cante un gallo
el niño empieza a encogerse, a temblar
y a deshacerse como una galleta mojada.

Entonces salió el sol por detrás de las montañas
y mamá dijo,

Vamos, Boris, Bubú,
que va a salir el sol,
es hora de ir a la cama

Le di un
enorme abrazo
al abuelo Bu.

Me lavé la cara y ¡Eh! me cepillé bien los dientes.

Luego mamá vino y susurró:

Que duermas bien, Bubú.

Y salió de la habitación.

No pasó ni un minuto, cuando oí aquel ruido,

ñeec-ñeeec, riis-raas,

bajo mi cama.

Y empecé a acurrucarme como un ovillo.

Pero entonces recordé lo que había dicho el abuelo Bu.

Respiré hondo y saqué la cabeza por el borde de la cama.

Y allí estaba...

¡El niño!
Con la piel rosa,
el pelo naranja
y todo
lo demás.

Sólo vi un destello de sus ojos azules antes de soltarle:

Y le deslumbré

mostrándole los dientes en una gran sonrisa.

¡Y no vais a creer lo que pasó!
Que el niño chilló
como si le hubiese dado un pisotón en la cola
(lo cual es una tontería,
porque los niños no tienen ni cola),
se tapó los ojos con los brazos horrorizado
y me dijo, con grandes aspavientos:
«¡Eh! ¿Quieres dejarme *ciego* o qué?
¿O es que quieres convertirme en polvo y pelusa?
¡Apaga esta sonrisa!»

Enseguida apagué mi sonrisa, pero no porque me lo dijera el niño.

Es *mi* habitación. Yo pongo las reglas.

Justo iba a decírselo al niño,

cuando...

Intenté imaginarme cómo debería de ser
jugar al escondite con Boris,
caso que Boris quisiera jugar
con un monstruo pequeño como yo.

«¡Shhhh! —dijo—. ¡Escucha!»

Plom-Plom-Plom-Pl

om-Plom-Plom-Plom-Plom-Pl

¡Este hermano hace tanto ruido como un dinosaurio!

Y en menos que canta un gallo
salió del armario,
sus pasos resonaron...,
y se acercó a la cama
y volvió a meterse
en el armario.
Y no nos vio.

«¡Uf! ¡Ha estado cerca!», dijo el niño.

«Pero ¿de dónde ha salido?», pregunté.

«Del otro lado del armario —dijo—. Igual que yo.
¡Gracias, chico! ¡Éste es el mejor escondite de todos!»

Y se metió en mi armario
y desapareció.

Estuve despierto en la cama durante
mucho rato pensando en el niño...,
que tiene un hermano y juega
al escondite y dice "por favor"
y "gracias" como me enseña mamá.

Y pensé que ese niño
también debía de tener una mamá
y quizá un abuelito como el abuelo Bu,
que le explicaba que nunca jamás
tenía que mirar los dientes de una sonrisa
de monstruo o se convertiría
en polvo y pelusa para siempre.

Y, entonces, casi sin darme cuenta...

Me desperté en cuanto salió la luna
y olí que se estaba preparando el jugo de chinche,

y salté de la cama bailando el bugui-bugui,

una pierna por aquí, una pierna por allá,
me quité el pijama con saltitos de hip-hop,

y mi nariz me guió hasta el desayuno.

Boris ya estaba allí, comiendo huevos con gusanos.

«Oye, Boris —dije—.
¿Quieres jugar al escondite conmigo?»
Y él respondió,
como si yo fuese peor que un chicle pegado a su zapato:

«Yo no soy un miedica», respondí,
y le expliqué lo del niño de pelo naranja.

«¡Ja, y qué más! —dijo—. ¡Vaya cuento, Bubú!
Mami, ¿me puedo ir ya?»

¡El niño que está debajo de mi cama
no sabe la suerte que tiene!

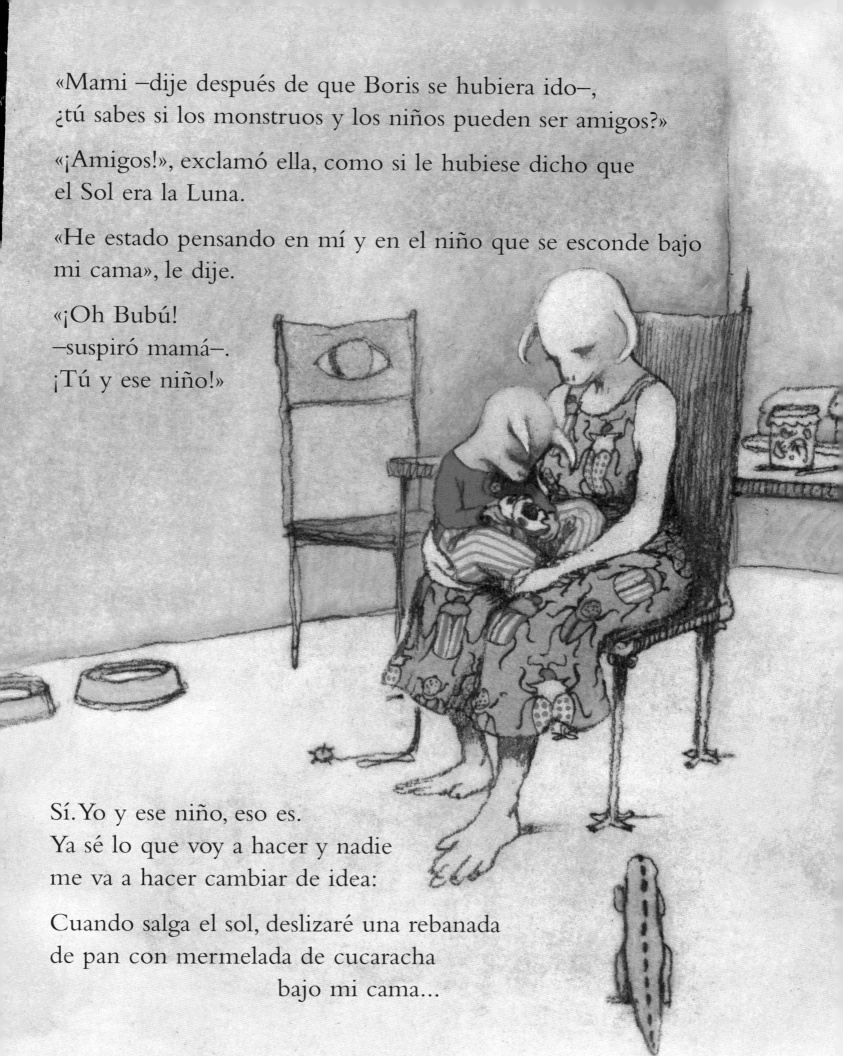

«Mami —dije después de que Boris se hubiera ido—,
¿tú sabes si los monstruos y los niños pueden ser amigos?»

«¡Amigos!», exclamó ella, como si le hubiese dicho que
el Sol era la Luna.

«He estado pensando en mí y en el niño que se esconde bajo
mi cama», le dije.

«¡Oh Bubú!
—suspiró mamá—.
¡Tú y ese niño!»

Sí. Yo y ese niño, eso es.
Ya sé lo que voy a hacer y nadie
me va a hacer cambiar de idea:

Cuando salga el sol, deslizaré una rebanada
de pan con mermelada de cucaracha
                    bajo mi cama...

y a ver qué pasa...